KB116212

너는 나의 가장 아름다운 시

책 만 드 는 집
시인선 094

최종석 시집

너는 나의 가장
아름다운
시

책만드는집

1

나는 시를 '그릇'에 비유하곤 한다. 제각기 다른 시인의 그
릇들, 그러나 그 속에는 모두 깊은 고뇌의 시간이 담겨 있다.

2

세 번째로 빚어낸 나의 그릇들이다. 비록 초라하지만 단
한 사람에게라도 감동을 전할 수 있다면 그것만으로 행복하
리라.

3

나는 한평생 시의 도공으로 살고 싶다. 끝내 명작 하나 완
성치 못하고 저물지라도 그 삶은 내게 과분한 운명일 것이다.

2017년 6월
최종석

| 차례 |

환생

무성한 숲 속인데도
난 한눈에 알아보았지
꽃나무로 환생한 너를!
너무나도 환한 그늘 아래서
나 이렇게 하염없어라

차안과 피안의 문틈에서
아픈 운명에 흐느껴 울다가
환생이란 이름의
환한 웃음꽃 터트렸구나

또다시 어둠 내리고
찬 바람 불어닥친다 해도
우리 이 뜨거운 숨결은
운명을 녹이리라
빛나는 영원을 지으리라

너와 나의 별

별은 너무나 멀어
오직 마음으로만 간직할 수 있다

그래서 모든 꿈들은
저리 아름답고도 슬픈 것인가

수억 광년의 그리움들이
빛이 되어 글썽이는 밤하늘

우리는 서로 이렇게
너무나도 먼 것을 가졌어라

필사의 힘

눈부신 봄날
우연히 보게 된 부러진 꽃나무
그 위에는 스러진 꽃들이
필사적이었던 마지막 순간들을
눈물처럼 매달고 있다

저 나무는 그 힘으로
다음 생애에도 무수한 꽃 피워 내겠지
어쩌면 새의 날개처럼 훨훨 나는
자유의 목숨 누리겠지

그렇게 생을 굴리고 굴려
우리도 지금까지 살아온 것을
캄캄한 어둠 속에서도
오직 빛을 향해 걷도록 만드는
그 죽을힘 하나로

기적

수억 년 전부터 시작된 핏줄이
수많은 생명으로 이어져
나는 비로소 여기에 태어나고

그대는 또 어디서부터인가
쉬지 않는 박동으로 달려와
나의 현재와 부딪친 이 순간

시간이 탄생한 후
만물이 저마다 용솟음칠 때
어쩌다 우리 어둠 속에서 뛰쳐나와
지금 여기 마주 앉게 된
바로 이 자리

학교의 봄

학교 앞산에만
봄이 온 줄 알았는데
가만히 보니
재잘대는 아이들이 먼저
연둣빛이다

여름이면 더위 되었다가
가을이면 단풍으로 곱게 물드는
저 아이들이 이 세상의
계절이었구나

겨울이 되면 또
하얀 꽃으로 내려와
온 세상에 축복을 전해 줄
소녀들 같은 봄이여

신비한 노래

언제부터인가
선명해지기 시작했네

사라지는 것들이 그려 내는
노을 같은 아름다움
이미 떠난 것들이 새겨 놓은
판화 같은 추억들이

그래, 나 또한
어느 사라진 생명이 남긴
숨결인지도 모르지

그렇게 우린 죽음을 낳고
죽음은 또 우리를 낳으리니

유한이 무한을 향해 부르는
저 신비한 노래를 들어라

사랑이 오면

모든 걸 다 주고 나서도
또 줄 게 없을까 고민하다가
나의 하루는 저물어 가요
그대는 누구시기에
내게만 이토록 특별함인가요

그대가 좋아하는 것들이
무조건 다 좋아지고
그대의 순수한 마음에
내 삶이 자꾸만 푸르러져요

그대 없으면 금방이라도
와르르 허물어질 것만 같은
이런 나의 마음을
사랑이라 불러도 좋을까요

첫 만남, 그 영원한

너를 처음 만난 이 하루가
나에게는 영원이 되리
마음의 천국에는 심장이 뛰놀고
세상의 어둠마저 저 멀리 달아나 버려
나 행복을 꿈꾸는 노래가 되리

언젠가 이 하루가
일상 속에 가라앉아도
나 천 년을 기억하는 나무가 되리
가지에 주렁주렁 매달린 시간들이
다시 널 피워 올릴 때까지
내 기다림 또한 영원이 되리

너를 처음 만난 이 하루가
어쩌면 나에겐 상처가 되리
상처보다 더 깊은 감옥이 되리
나 그 안에 무기수로 갇혀 살아도

우리들의 첫 만남
그 영원한 하루만을 추억하리

어떤 자랑

그는 언젠가 많이 먹기 내기에서
무려 열 그릇의 짜장면을 해치웠다고 한다
술은 소주로 열 병까지 끄떡없으며
맥주로는 그 끝을 알 수 없단다
최근에는 자신의 승용차로
동해–서울 간을 두 시간 이내에 주파했다고 하는데
나로 말하자면 그 근처에도 가 보지 못했으니
정말 대단한 사람이라 하겠다

마음으로 먹는 밥

먹기 편하게 나오는
초벌구이 삼겹살집
우연히 엿보게 된 주방에는
초벌구이로 힘든 직원 있더라

아침마다 따뜻한
밥과 국을 앞에 놓고도
나보다 먼저 잠에서 깨어난
누군가의 수고를 몰랐던 것처럼

음식이란 결코
입으로만 먹는 게 아님을
그렇게 많은 음식을 남기면서도
여태 모르고 살았구나

부끄러운 봄날

끝까지 버틴 눈들 아직
골짜기 구석구석에 숨어 있지만
사실상 게임은 끝난 것이다

하루도 내버려 두지 않고
지독히도 땅을 괴롭혔던
지난겨울의 눈발들

이럴 줄 알았다면
이렇게 싱겁게 끝날 줄 알았다면
그때 조금 더 의연할 것을

시린 손 무수히 비벼 대더라도
눈물 따윈 깊이 숨겨 두고
지금의 반이라도 당당할 것을

글썽이는 봄볕 아래

참을 수 없는 부끄러움 있어
자꾸 후회만 굴려 대고 있다
이 눈부신 봄날에……

우리가 그 별에 살았을 때

언젠가 내가
그 별에 살았을 때
나에겐 심장이 있었네
오로지 너 앞에서만 뛰는
푸른 심장 하나가

너의 모든 것
그 속에 빨려 들어가
온 생애를 두근거리게 했으니
넌 내 유일한 의미였던 것

아니, 차라리 너는
나의 또 다른 심장이었네
지상의 기쁨들 모두 모아서
내 영혼에 펌프질하던

언젠가 우리가

그 별에 살았을 때
우리에겐 심장이 있었네
서로를 향해서만 뛰는
두 개의 푸르른 심장이

불길

살인 사건이 일어났다
원인은 눈 감고도
두 가지 중 하나일 것이다

돈 아니면 치정

이들로 인한 분노는
종종 죽음마저 훌쩍 뛰어넘는다

가장 흔하고도 끈질긴
이 두 욕망이 뿜어내는 불길로
세상은 어느 하루 서늘할 날이 없다

등굣길에

버스에서 쏟아진 꽃송이들
유유히 무단 횡단하여
교문 안으로 빨려 들어갈 때
나는 멈춰 버린 듯한 심장으로
자유와 질서에 대한
아주 긴 문제지를 받았다
명쾌한 답이 있던 문제가
요즘엔 난제 중의 난제가 되어
정답이 몇 개씩 나오기도 한다
오랫동안 고민한 나의 손이
창백한 답안지를 제출할 때
세월의 흐름 때문인지
핑그르르 현기증을 느꼈다

너의 사랑으로

나는 왜 몰랐을까
내 마음속 어둠을 가르던
그 한 줄기 빛이 너였다는 것을

벼랑 끝에 섰던 발걸음
울음 뒤에 되돌려 세우고
돌아오는 길 내내 나를 이끌던 것도
너의 그림자였다는 것을

네가 그리워 흐느끼던
그 깊은 밤의 눅눅한 어둠에도
너의 온기 한 줌씩 남아
나는 또 환한 아침을 만났지

나는 너의 힘으로
이 한세상 넉넉히 견디고
언젠가 내 힘으로 너를 살게 할

그런 세상을 꿈꾸어도 좋은지

이제야 비로소 알 것만 같아
나는 너의 사랑으로 빚어진
세상에서 가장 못난 존재인 것을
아니, 가장 행복한 사람인 것을

인권

온갖 흉악범들의 인권을 위해
평생을 헌신한 변호사 K 씨는

자신의 딸을 성폭행한 후
토막 살해하여 암매장한 피고인이
재판장을 나서는 순간

그의 심장에 칼을 꽂았다

사진첩을 잃은 후

이사를 하면서
사진첩을 모두 잃어버렸다
지워진 과거들이 속상해
숫제 누워서 지내던 며칠

노크 소리에 나가 보니
웬 낯선 이들이 찾아와
나를 주인이라고 불렀다
사진기가 재단하지 않은
유년의 기억들이었다

그 후 내 마음의 사진첩엔
살아 움직이는 추억들이
우리를 탈출한 야생마처럼
시간의 언덕을 넘나들었다

내 마음의 아이들

내 마음의 중심이었던 아이들
너무 환해서 자꾸만 보고 싶은 아이들
이제는 그렇게 만날 수 없기에
빈 가슴만 저려 오는 아이들

모두가 달라도 다 예쁜
팬지꽃을 닮은 아이들아
시간에 쫓기고 잠에 시달려도
하늘을 보아라, 비 내리는
저 하늘을 보아라
스스로 꽃인 줄도 모르고
너흰 봄 하늘을 활짝 열겠지

마지막 추억인 너희에게
나 다시는 돌아갈 수 없지만
이 봄날, 꽃들이 지천으로 피어나니
나는 또 너희가 그립구나
무한히도 그립구나

시인의 죽음

시인은 시를 먹고 산다
그러므로 시가 없으면 시인도
굶어 죽는 법, 그런데
진짜 굶어 죽은 시인은
아무도 없고, 모두가 자살뿐이다
왜냐면 시인들은 가슴속에
시를 양심처럼 품고 사는데
어떤 시인은 이것을 팔아
욕망을 사들이기도 한다
이게 바로 시인의 자살이다
자살한 시인들은 점차
눈빛이 탁해지는데, 이는
시혼이 더럽혀졌기 때문이다

각자들이 산다

우리나라 곳곳에는
우리를 탈출한
각자들이 산다

어른들은
각자 출근하여
각자 일을 하고
각자 밥을 먹고
각자 퇴근하며

아이들은
각자 등교하여
각자 공부를 하고
각자 밥을 먹고
각자 하교한다

우리나라

구석구석에는
서로를 구분하지 못하는
똑같은 개성들이
제각기 살고 있다

너는 나의 가장 아름다운 시

봄 햇살 같다고 썼다가 지운다
목련꽃 같다고 썼다가 지운다
이슬비 같다고, 라일락 향기 같다고 썼다가
모두 지운다

뭐라고 써야 할까

내 안의 어둠 한 번에 쫓아내 버린
나를 자꾸만 착해지게 만드는
내 메마른 영혼을 적셔 주고
나를 끊임없이 미소 짓게 하는 너를

한 번도 본 적 없는 천사라고 쓸까
끝까지 지켜 주고 싶은 순수라고 쓸까
처음으로 갖게 된 종교?
아니면 그토록 찾아 헤매던 나의 행복?

썼다가 지우고, 지웠다가 다시 쓰고
그렇게 며칠 밤을 꼬박 새우다가
번개처럼 번쩍, 천둥처럼 우르르 쾅쾅
순식간에 떠오른 생각

나는 마침내 힘주어 이렇게 쓴다
너는 신들이 모여서 지어 낸
이 세상에서 가장 아름다운 시詩
라고!

상처의 힘

승용차를 새로 산 후
조심조심 몰고 다니다가
어느 날, 주차장 기둥에
부욱! 한쪽이 긁히고야 말았다

중동 어느 나라에서는
새 양탄자를 팔 때
올 하나를 일부러 잘라서
맘 편히 쓰게 배려한다고 한다

그러고 보면 상처란
아픔만을 뜻하진 않는다
인생의 가장 큰 힘도
때때로 상처로부터 비롯되는 것

세상의 수많은 열매들 또한
꽃을 잃은 상처에서만
눈부시게 맺히지 않던가

사랑의 부활

창고 안, 웬 부대 하나가
잔뜩 부풀어 나 있다
가만히 들여다보니
연둣빛 무순이 가득 자라난 것

어둠에 짓눌려도
기어이 피어나고 만 저 그리움

너를 잃은 내 마음도
오랜 세월 지하에 갇혔으나
봄비 오는 소리에 자꾸만 부풀어 나
결국 마법처럼 부활하리라

그리하여 우리 사랑도
다시 푸르게 피어나고야 말리라

소실점

요 며칠 새
몇몇의 지인들이
이 세상에서 지워졌다

나는 내 것이 아닌 죽음의
충실한 방관자로 남았지만
가늠할 수 없는 깊이의
그 어두운 바닥으로
언젠가 모두 가라앉아야 한다는 것

욕조의 물이
소용돌이에 휘말리듯
더 이상 외면할 수 없는
각자의 끝을 향해
소실되어야 한다는 것

우리의 삶은 모두
그 순간을 향해 모여 있다

망각의 질주

그해 여름
나는 하얀 죽음을 좇아
폭염 속을 달렸습니다
너무나도 끔찍했던 질주

한 사람을 잊는 데에
그렇게 많은 고통이 필요하리라곤
정말이지
상상조차 못 했습니다

겨울이 와도 식을 줄 모르던
그 뜨거운 열병을
나는 아직도 기억합니다

잡초라는 싸움꾼

한여름 대낮
밭에 제초제를 뿌린다
어느새 가득 자라난
잡초를 죽이기 위하여

하지만 온 세상에
농약을 퍼붓는다 해도
결코 그들을 멸하진 못하리라
자라고 또 자랄 뿐인
그들의 막무가내 앞에서
오죽하면 여름도 무릎 꿇었으랴

만약 그들에게도 폭력이 있어
우리를 죽이려 든다면
인류는 아주 짧은 기간 내에
멸종하고 말 것이다

다행히 인간에게만 폭력이 있어
끝나지 않게 된 이 싸움
아니, 어쩌면 이미 오래전에
패배로 끝나 버린 이 싸움

수평선

하늘이 바다에 물들고
바다가 하늘에 물들고

나는 너에게 물들고
너는 나에게 물들고

그렇게 서로 닮고도
끝내 넘을 수가 없었나

저 운명의 금

활화산처럼

46억 년 전
지구 내부에 갇힌 용암이
아직도 피처럼 솟아나는 건
스스로의 뜨거움
견딜 수 없기 때문이지

뜨거움이 뜨거움을 녹이고
참을 수 없이 뿜어지는
저 아픔을 보아라
유구한 그리움을 보아라

내 안에도
도저히 식을 것 같지 않은
뜨거움 하나 있으니
터질 듯한 사랑 하나 있으니
죽음도 두렵지 않을
붉은 꽃으로 피어날까

코리아, 플리즈

코리아의 피서지라면
어디에서나 넘쳐 난다, 쓰레기들
쓰레기 같은 수준들

바다와 계곡들에게
또 인간을 제외한 모든 생물과
무생물들에게 사죄하여라, 눈물로
피눈물로 석고대죄하여라

태풍이시여
이 더럽혀진 의식들을
한꺼번에 쓸어 가 주소서
이 심각한 신성 모독에 대하여
천벌을 내리소서, 플리즈……

역설의 공식

아름답게 보이는 것만이
아름답다고 믿었고
추하게 보이는 것들은 모두
추할 뿐이라고 생각했다

기쁨은 웃음을 낳고
눈물은 슬픔의 결과인 것을
믿어 의심치 않았다

그러나 인생에 대입하면
많은 것들이 오답이 된다는 걸
오랜 후에야 알게 되었다

그렇게 흩어진 나의 퍼즐은
역설의 공식이 되어
나의 맹목을 눈뜨게 해 주었다

고통에 대하여

마라톤 선수가
대회에서 우승한 후
무엇이 제일 힘들었느냐는
기자 질문에 대해

신발 속에 들어온
작은 모래알 하나가
가장 괴로웠다고 대답했다

그렇다!
큰 고통도 두렵지만
하찮은 것이라도
집요함이 물어뜯을 때
그것은 얼마나 큰 괴로움인가

아주 사소한 일로
힘겨워하는 사람들에게

너무나도 쉽게 건넸던
내 위로의 말들을 돌이켜 본다

미지의 여인

그녀를 처음 봤을 때
주위는 얼마나 낯설었던가
그래서 난 예감했지
그녀는 결코 오래 머무를 수 없는
또 다른 세계인 것을

그녀는 어디에서 왔을까
구름처럼 가벼운 몸짓과
백합같이 화사한 웃음이 자꾸
내 영혼에 아로새겨질 때
나는 문득 삶의 누추를 느낀다

그녀는 누구였을까
지금은 또 어디에 머물러 있을까
나는 자꾸만 그녀의 거처를
수소문하고 싶어진다

나무와 폭풍

거센 폭풍에 맞서는
내 온몸의 저항이
푸른 살점으로 떨어지고

차라리 죽음이 그리운
극한의 고통이 지속되던 밤

나의 내부에서는
더 이상 견딜 수 없다는 듯
짐승들이 울부짖었다

그러나 이내 폭풍은 지쳐
스스로 물러가고
아침 하늘 푸르게 찢어질 때

그 아래 모습을 나타낸 건
눈부신 직립이었다

내 안의 너

이상하기도 하지
너를 생각하면 어느새
내 마음엔 따스한 봄이 오고

또 너를 생각하면
시원한 소나기 쏟아져 내려
내 메마른 삶을 적신다

다시 너를 생각하면
서늘한 가을바람 불어와
내 혼의 맑은 눈을 뜨게 하고

또다시 너를 생각하면
따스한 함박눈 쌓이고 쌓여
내 행복한 꿈을 덮는다

시의 속도, 삶의 속도

내 삶의 속도는 얼마일까
나는 몇 킬로로 달리고 있으며
과연 그 끝은 얼마나 남아 있을까

바라건대 나의 최후는
끝까지 따라온 나의 시들과 함께 저무는
그런 황홀한 순간이면 좋겠다

성급히 흘린 이야기를 다시 줍거나
끝내 미뤄 둔 채 저물지 않기를
그런 어긋난 결말이 아니기를……

오늘은 그런 근심 하나가
밤새 짙은 어둠을 밀어내고 있다

나의 행복론

어둠이 다해야
비로소 저 멀리 빛이 보이고
그 빛이 다하면 또
짙은 어둠이 밀려온다는
그 엄연한 생의 진리를
누구보다 잘 알고 있으면서도

너만은 늘
빛의 나라이길 바라는 이 마음
그 빛 뒤에 쌓이는 어둠들
내가 다 떠안고서라도
너만은 언제나
백주 대낮이었으면 하는 이 소망은
얼마나 큰 모순이랴

하지만 너를 위해
나는 기꺼이 밤이 되고 싶은 것을

백야처럼 저물지 않는

영원한 행복 네게 줄 수만 있다면

나는 한평생 너의

불행으로 살아도 행복할 것을

시간의 노래

온 세상 만물들에게
긴장과 권태를 고루 나누고
황홀과 고역을 번갈아 뿌린다

악착같이 달라붙은 노래가
쉼 없는 희망을 꿈꾸게 하여
포기하지 않는 삶을 살게 한다

그러나 곧 모두를 허물어
죽음을 짓고, 또 그 죽음 허물어
생명을 지으리니

시간은 만물의 운명을 싣고
저 영원을 향해
신의 수레바퀴를 굴리고 있다

엇갈린 사랑

남반구에서는
방향을 잃었을 때
북극성이 아닌 남십자성을 보고
길을 찾는다고 한다

집을 지을 때도
우리와 반대로 북향집을 짓고
물이 빠질 때도
반대 방향으로 소용돌이친다고 한다

수없이 엇갈렸던 나의 사랑아
그대의 고향이 남반구였음을
나는 왜 여태껏 몰랐단 말인가

태풍의 눈

긴 여름날 오후
풀빛마저 더위에 시들어 버리고
매미의 높다란 노래 아래서
하얀 빨래들만 평화로웠지

그때 그 마당가
봉숭아꽃에 맺혀 있던
핏물처럼 선명한 시간
아직도 그곳에 남아 있을까

태풍이 미친 듯 돌진해 온다는
낯선 기상특보 속에
내 젊은 한때는 태풍의 눈처럼
아직도 거기 머물러 있을까

미움보다 더 깊은

깊은 밤, 잠에서 깨어
쓸쓸히 창밖을 내다보니
가로등 불빛 하나 자꾸만 흔들린다

아주 조그만 네가 떠났을 뿐인데
온 우주가 무너져 내리더니
이제는 마음으로부터
알 수 없는 미움만이 차올라

이 마음으로 너를 잊어야지
이 마음으로 너를 떠나야지

그러나 어둠은 끝내
가로등 불빛 덮지 못하고
어느덧 여명이 눈을 뜰 때
나 미움보다 깊어진 사랑을 보네

푸른 하늘로 날아간 새

어쩌다 밤새 교실에 갇혀
유리창 두드리다 지쳐 버린 새 한 마리
창을 열어 날려 보냈다

순간, 아침 하늘이
창문 안으로 가득 스며들어 와
교실을 푸르게 물들였다

나는 이곳에서
힘들게 공부를 다 마치고 떠나간
수많은 아이들을 생각했다

시간의 품위

내 고향 산골짜기에 있던
키 작고 볼품없는 소나무 하나
그 모습 내게 단 한 번도
탐탁한 적 없었건만
고향을 떠나온 오랜 세월에
자꾸 그만이 그리워졌다

수십 년 만에 다시 찾은 그곳은
올여름 불어닥친 광풍으로
전쟁터처럼이나 끔찍하였는데
특히 키 큰 나무들은
어느 것 하나 성한 게 없었다

하지만 추억의 그 나무는
한자리에서 변함이 없었을뿐더러
유년의 초라함 대신
시간으로 지어진 품위를 입고
미소 띠어 날 반겨 주었다

조약돌처럼

수억 년 닳은 살들이
영원을 향해 누운 해변에
그대 기억은 아직도
새로이 아파 오는가

이제 사랑의 상처들도
저 둥근 조약돌처럼
스스로 아픔 지워 가야 하리

안으로, 안으로만 구르며
파도에 맡긴 나의 하루가
이렇게 저물어 가는데

그대여
지금 그 마음에도
둥근 조약돌 구르고 있는지……

신성한 싸움터에서

붙을 거라면 제대로 붙어야지
벌거벗고 맨몸으로 싸워 봐
제발 쩨쩨하게 활이나 총 좀 겨누지 마
그런 비겁한 싸움이라면
차라리 자신과 싸우는 게 어때
그리고 야성을 야만이라고 부르지도 마
문명 같은 야만이 또 어디에 있을까마는
자연은 신성한 싸움터이니
사냥꾼들아, 광야로 나올 때는
모두 벗어 버리고 맨몸으로만 나오라

바람은 어디에서 불어오는가

내가 아주 어릴 때부터
우리 집은 잎담배 농사를 지었다
하루 종일 밭에 모종을 심고
비닐로 이랑을 덮어 놓으면
그날 밤은 꼭 심한 바람 불어와
비닐을 하늘로 날아오르게 했다
그걸 다시 당겨 묻느라
가족들의 힘겨움이 필사적일 때
달빛만이 밭 가운데서 고요하였다

지금 내가 사는 곳은
바람이 유난히도 심한 곳
바람의 언덕 위에다 지은
바람의 아파트라며
낭만적으로 여기는 이들도 있지만
나는 유년의 그 바람이
여기까지 불어오는 것만 같아

창문 흔들리는 밤이면
내 마음도 따라서 흔들린다
달빛도 없는데 자꾸만 흔들린다

한여름의 꿈

그 여름에 우린 만났지

나뭇잎에 튀는 햇살과
우쭐거리는 바람 속에서
우리는 서로의 자랑이었지

사랑만이 전부이던 그때
행복만이 가득했던 그때

차라리 우리는
서로의 여름이고 싶었지
깨지 않을 꿈속이고만 싶었지

그대를 만나기 위해

며칠 휴가까지 냈어요
그대를 만나러 가려고요
그런데 가만히 생각해 보니
그대는 어디에 있던가요

한참을 찻집에 앉았다가
바닷가에 나가 서성거리고
또 거리 곳곳을 헤매고 다녀봐도
그댄 어디에도 없더군요

마음속에서만 사는 그대여
어찌하면 만날까요
그대 내 앞에 나타나는 그날이
내 휴가의 끝이랍니다

정상과 비정상

내가 한창 테니스를 칠 때
구력이 오래된 이들이 말하길
내 폼은 정상 폼이 아니라고 했다

볼링을 치러 갔더니
꽤나 치는 사람들이 훈수하기를
내 자세는 잘못된 습관이 있다고 했다

배드민턴을 치러 나갔더니
이른바 고수들이 이르기를
내 플레이는 변칙이 많다고 했다

그래서 어쩌란 말인가
그대들의 비정상이 나의 정상인 것을

비정상이 정상이 되고
정상이 하루아침에 비정상이 되는

그런 세상인데

나는 누가 뭐라고 해도
내 스타일로 살 거다
그게 나에겐 가장 정상적인 거니까

우물 안에 들어온 우주

우물 안 개구리가
바다를 모르는 건 당연하지
바다에 사는 고래가
우물 안 사정을 모르는 것처럼

지혜란 소우주로
대우주를 이해하는 것
사람들은 바다를 동경하지만
어찌 넓은 세상만으로
삶의 이치를 다 알 수 있을까

일찍이 믿어 온 나의 사람아
그대가 머무는 곳은
진리가 샘처럼 솟아나는 우물 속
나는 언제나 그 안에서
빛나는 별빛이고 싶어라

나의 말

입에서 뛰쳐나온 말 하나가
드넓은 광야로 달려 나가거나
날개 돋쳐 하늘로 날아올랐으면
그 얼마나 좋았을까만

하필 상대방의 맘속에 뛰어들어 가
마음밭을 짓밟아 놓고 말았으니
나의 말이란 얼마나 말썽꾸러기인가

그대를 만나고 나서

시끄러운 곳에 가지 않아요
번잡한 생각에 잠기지도 않죠
조용히 그대의 고운 눈썹 떠올리는 일
그것만으로 하루는 짧기만 한데

스스로를 괴롭히지 않아요
쓸데없는 자존심도 다 버렸죠
늘 소박하게 먹고, 겸손하게 굴어도
그대 나를 점점 부자로 만드는데

그대 생각만 하면
나는 자꾸 웃음이 나오는걸요

사람들은 이런 나를 바보 같다 하지만
그대라는 비밀을 간직한 나는
꿈도 못 꿀 꿈속을 걷고 있는 나는
이 세상 가장 큰 행복을 가졌죠

마지막 울음

9월 하순,
차가운 빗속으로
매미 울음소리 들린다
그 작고 낮은 떨림에
여름의 끝이 모두 부서져 내린다

그러나 저 울음은
계절의 끝이 아닐지도 몰라
세상 모두를 이끌고
우주의 종말을 향해 가는 듯한
그런 쓸쓸함 묻어난다 해도

어디에선가
저 부서진 시간을 받아먹고
비로소 환하게 태어나는
그런 목숨이 있을지도 모르기에

너의 눈에 갇히다

백복령을 넘다가
정말 지독한 안개를 만났지
헤드라이트 불빛은
불과 몇 걸음 앞에서 삼켜지고
나는 그 작은 공간에 꼼짝없이 갇혀
무작정 천천히
흘러갈 수밖에 없었던 것인데

그때 나는 문득
너의 눈이 떠올랐지, 한번 마주치면
도저히 빠져나올 수가 없는
블랙홀과 같던 눈

내 마음 흐리게 하고
시간마저 꽁꽁 가두어 버린
그래, 나는 지금
너의 눈에 갇힌 거라고

너의 눈에 갇혀 너의 심장 쪽으로

조금씩 흘러가는 거라고

그렇게 다가가고 있는 중이라고……

나의 정체

나는 붉은 나무였지
하지만 세상은
온통 푸른 나무들뿐이어서
나는 늘 혼자였다네

너무 외로웠던 나는
지독한 고통을 견뎌 내며
스스로를 푸르게 바꾸었네

그러나 그 후 나의 정체는
이 세상에서 홀연히
그 모습을 감추게 되었으니

타인들의 물결에 휩쓸려
푸르게 지워지고 만 것이네

다시 마라톤

더 이상 고통은 없어
부드러운 바람, 흐르는 물처럼
나는 어느새 자유가 되지

저기를 봐
부서지는 햇살과 손 흔드는 나무들이
나의 길을 응원해 주고 있어
덕분에 발길 닿지 않는 곳까지
나의 숨결은 환하게 열리는 거야

그렇게 뻗어 있는 인생길 따라
자꾸만 흘러갈 거야
고독하지 않게 얼굴 가득 미소 지으며
그러다 보면 난 어느새
끝에 닿게 되겠지
내 삶의 마지막에 서게 되겠지

죽음이 서성거릴 때

이제 죽음과 친해져야겠다
그동안 너무나도 서먹했던 그와
아예 친구가 되어야겠다

어차피 삶이란 죽음으로 가는 길
언젠가 꼭 만나야 할 그와
미리 친해져 놓아야
그날에 어색하지 않을 것 같다

바람 부는 거리를 지나
낙엽 수북이 내린 숲으로 들어가면
그가 먼저 와 웃고 있을 것이다

그대를 향해

나 이렇게 달려가고 있어요
그대는 무지개처럼
저 멀리서 나를 기다리네요

이 현실에서 그대는
결코 닿을 수 없는 사람
하지만 내 마음은
이렇게도 멈출 수가 없나요

터질 것 같은 심장도
온몸 가득한 고통도 상관없어요
그대 저 멀리서
노을처럼 나를 기다리는데……

나 어쩌면 이승을 지나
저승의 문턱까지 넘을지도 몰라요
나의 사랑은 그대를 향한
멈출 수 없는 여정이니까요

멈춰진 시간 앞에서

아침 출근길
홀연히 시간이 멈추어 섰다
순간, 분주하던 거리는
갑자기 뛰어든 고요가 접수한다

위기의 순간도, 불행의 씨앗들도
낯선 정지 앞에 순종했지만
뒤를 이어 영광의 순간도
행복의 열매들도 다 시들어 버렸다

신은 누구를 위하여
스스로의 금기를 깨신 것일까
어떤 경우라도 멈출 수 없는 것이
시간의 강물이라 하셨음을

흐르지 않는 시간 속에는
그 어떤 인생도 살아갈 수 없으니

시간이여, 멈춰진 일상이여
시원히 부패하여 흘러가 다오
다시 빛나는 흐름을 노래해 다오

은행나무 가로수

길가에 늘어선 황금의 빗자루들이
어찌나 허공을 깨끗하게 쓸어 놨는지
결이 고와진 가을 공기가
실크처럼 가슴속에 흘러드네

사람들 마음도 그렇게 쓸어
아름다운 것만 보게 하려는가
황금의 조각들 아낌없이 떨궈 주며
깊은 가을 풍경 그리고 있다

나 그대의 그림자 되어

나 그대의 그림자 되어
늘 그대 곁에 함께 있으리
밝은 날엔 그대보다 더 기뻐하고
어두운 날엔 고요히 숨어
그대 슬픔 깊이 느끼리

나 그대의 그림자 되어
항상 그대 뒤를 따라 걸으리
그대는 선한 종교처럼
내 영혼을 이끄는 사람
이 길이 나의 구원임을 알기에

나 그대의 그림자 되어
언제나 그대 아래에 서 있으리
그대는 나의 우러르는 태양
나 그대의 어둠이 되어
오직 그대만을 빛나게 하리

진짜 못 말려

인류는
지구의 암세포야
차라리 기생충이라면
숙주가 죽을 만큼 설치지 않아
인간은 정말 암세포처럼
너 죽고 나 죽자는 식으로
지구를 파괴하고 다닌단 말야
그 잘난 머리 때문에
결국 스스로 파멸하고 말 거야
두고 봐
진짜 못 말릴걸?

10월의 아침

그대는 가을 아침
차가운 들녘에 피어난
들국화예요, 그 들국화의
알싸한 향기예요

내 가슴엔 언제나
그대가 스며들어 와 나는
행복이지요, 저물어도 환해지는
기쁨이고 사랑이지요

하지만 그대 시들면
나는 어디에도 갈 수 없으니
차라리 그대와 스러지는
이슬이고 싶어요
눈부신 꿈이고 싶어요

무너진 성 아래서

어느 날, 성문을 열고
머나먼 길을 나섰네
그러나 그 길은 오욕의 길
영혼은 더럽혀지고
삶은 자꾸만 무너져 내렸네

이제야 지친 몸 이끌고
안식을 찾아 돌아왔지만
나의 성은 이미
온갖 짐승들이 드나들며
굴을 파고 배설을 하였네

나 이제 다시
나의 성을 고치려 하네
더러운 악취를 모두 몰아내고
단단히 문을 잠글 것이네

아늑한 꿈들이
내 영혼을 물들일 때까지
나는 나의 성을
아름답게 가꾸어 가겠네

영월 에버랜드

원래 에버랜드 부지는
영월이었다고 한다
그런데 그곳 사람들이 반대해
지금의 자리에 들어서게 되었다는데

이를 두고 일확천금을 놓친 듯
그 지역 사람들의 짧은 안목을 지적하며
안타까워하는 사람들이 있다

물욕의 안경을 쓴 것이지
그런 괴물이 영월에 살고 있다면
지금처럼 아름다운 두 강이
꿈꾸듯 흐를 수 있었을까

낙엽의 그리움

아침에 출근해 보니
낙엽들이 수북이
현관문 앞에 몰려와 있다

간밤 추위에 떨며
따뜻한 품 찾아 헤매다가
서로를 껴안고 잠이 든 걸까
잔뜩 웅크린 모습이
나의 그리움을 닮았네

불면이 스민 낙엽들
차마 쓸어 내지 못하는 하루
내 마음에도 온종일
마른 울음소리 들리네

꿈속의 꿈

널 처음 만났던 그때를 기억해
환해서, 모든 게 온통 환해서
차마 바라볼 수조차 없었던 너를

난 꿈을 꾸었던 거야
영원히 깨고 싶지 않은 꿈속의 꿈을
그토록 설레던 내 마음은
또 얼마나 한없이 눈멀었던가

지금은 모든 기억들
낙엽 되어 떨어지지만
언젠가 봄 햇살 내 마음 비추면
난 다시 꿈을 꿀 거야
영원히 깨지 않을
꿈속의 꿈을, 그리고 꿈속의
너를

나의 시작은

시를 쓴다는 건
높이 올라가는 게 아니야
더 멀리 나가는 것도 아니지
그건 더 깊이 들어가는 일이야
내면의 숲으로 깊숙이 들어가
아무도 없는 두려움으로
나를 만나는 거야
그러면 그곳으로부터
나는 또다시 시작되는 거지
그래, 나의 시작은
스스로 깊어지는 여행이야
그리고 그 깊이만큼
너를 사랑하는 일이고
더 아름답게 지켜 주는 일이야

친구

많은 친구 사귀라고
귀 아프게 들어 왔지만
지금 내 친구는
단 한 명뿐

내 결혼식에 참석한
이 유일한 친구를 두고서
하객들은 나에 대해
말이 많았다지만

나에게는 너무 많은 친구
내 친구는 여전히
한 명뿐이다

산타클로스는 있다

아들이 열 살이 되더니
산타클로스의 존재를
더 이상 믿지 않는 눈치다
나도 그랬고 누구나
그 나이쯤엔 그랬을 것이다
하지만 나는 오히려
이제야 산타클로스를 믿게 된다
우리가 만든 존재를
스스로 없다 말하는 건 모순이다
이건 궤변이 아니다
보라, 세상 곳곳에 존재하는
저 산타클로스, 슈퍼맨, 원더우먼들을!
보고서도 믿지 못하는 눈은
맹인의 눈보다 더 어둡다
나이 마흔이 넘어서야
나는 산타클로스의 존재를
온전히 믿게 되었다

늦게 핀 꽃

봉숭아 한 그루를
여름내 방에서 키웠는데
웬일인지 꽃이 피지 않는 거라
키만 잔뜩 키우더니
이내 이파리까지 뚝뚝 떨어뜨려
이젠 틀렸다 싶었던 것인데
어느 쌀쌀해진 가을날
갑자기 꽃망울이 맺히는가 싶더니
붉은 꽃들 펑펑 터져 나온 것
놀랍기도 놀랍고
반갑기도 반가웠거니와
나는 문득 끝까지 기다려 주지 못하고
성급하게 야단부터 쳤던
그 옛날 우리 반 아이들이 자꾸
마음에 밟혀 오는 거라
지금쯤은 모두 그 어디선가
자기만의 꽃 활짝 피우고 살아갈

그 시절 그 여린 꽃대들이
울컥 그리워졌던 거라

나의 행복 지수

생각만 해도
자꾸 미소가 지어지는
그런 사람이 있지

그때마다 나의 행복은
하늘 끝이야

거긴 언어가 닿을 수 없는 곳

그래서 나는 조용히
눈 감는 버릇이 생겼지

늦가을에

내가 정말
여기에서 살았을까
거울처럼 맑은 하늘 아래서
홀로 어둠에 비춰 보는
쓸쓸한 내 인생

낙엽들은 두려움도 없이
죽음을 향해 떨어지고
방금 내 앞을 지나간 소년은
저 길모퉁이에서
이미 백발로 변하였네

시간이 기우는 소리
이다지도 고요할 줄이야

어떤 방생

어항에 키우던 붕어 한 마리를
집 앞 하천에 놓아주며
그 붕어의 자유를 빌어 주었다

그런데 녀석은 웬일인지
멀리 가지도 않고
한자리서 빙빙 돌기만 하는 거였다

다음 날 누군가 말해 주었다
어항의 물고기는 큰물에 놓아주면
오래 살지 못한다는 걸

하천으로 달려가 보니
붕어는 어디론가 사라지고 없었다

비상의 꿈

그래, 날아올라야지
내가 할 수 있는 만큼은

높이가 무서워
때론 나 자신이 더 무서워
매일 악몽을 꿀지도 모르지만

그래도 날아올라야지
날개 꺾여 추락하는 한이 있어도
내가 살아 있는 동안은

참을 수 없는 생의 가려움증이여

하늘이 나를 버리는 그 순간까지
나 비상의 꿈 놓지 않으리

나의 사랑은

나의 사랑이
드넓은 바다라고는 생각지 않아요
그저 숲 속에 감춰진
작은 연못쯤이라고 여기죠
멀리 수선화로 피어 있던 그대
그 순수를 마음에 품고
한없이 설레어했을 뿐
더 이상의 사랑법을 몰라서
마음으로만 애타게 그리워했을 뿐……
이제 그대 떠난다 해도
내게 허락된 원망은 없어요
하지만 내 마음이 변했다 생각진 마요
가을은 아직 멀기만 한데
내 사랑이 식어 버렸다 생각지도 마요
우리의 겨울은 멀고도 멀어요
나는 숲 속의 작은 연못
그래서 나의 사랑은

한 발자국도 움직일 수 없는
운명 속에 있어요

운명의 별

활처럼 휘어 있는
노인들의 몸속에는
자식을 세상에서 가장 높고
빛나는 곳으로 쏘아 올린
지상의 고된 노동들이
운명처럼 박혀 있다
그것은 아무도 꺼낼 수 없다
인생이 모두 기울어지면
그것들은 승천하여 별이 되고
그 별빛들은 또다시
지상으로 쏟아져 내려
부모의 운명이 될 것이다

본능과 이성

텔레비전 속의 남극
펭귄은 알을 품은 채 미동도 없이
오랫동안 휘몰아치는 눈보라를 견디고 있었다

대한민국의 어느 겨울
누군가가 갓 태어난 아기를
음식물 쓰레기통에 버리고 갔다는 뉴스를 들었다

죽음과 동거하다

어느 날, 서쪽 창문으로
무덤 세 기가 나란히 들어왔다
새로 지어진 게 아니라
여름철엔 보이지 않던 것이
가을과 함께 모습을 드러낸 것이다
민원을 낸다, 소송을 건다
주민들은 한바탕 난리였지만
눈만 돌리면 보이는 그 둥근 집들이
나는 오히려 다행스러웠다
무심한 일상 속에 잊고 지냈던
죽음과 매일 마주할 수 있기 때문이다
그로 하여 내 삶은 얼마나 더
겸손하고 풍요로워질 것인가
금빛 햇살이 묘지를 비추며
인생의 아름다움을 노래하고 있다

이 아름다운 순간을

이렇게 빛나는 햇살을
이렇게 깨끗한 공기를
이렇게 그윽한 향기를
마음의 수첩에 적어 놓아요

그대의 맑은 눈빛을
그대의 환한 웃음을
그대의 착한 마음씨를
영원의 수첩에 적어 놓아요

시간의 지우개가
나를 하얗게 지우고 가도
여기에 적힌 순간만은
결코 지워지지 않을 거예요

남양국민학교

풍금 소리 같은 햇살
가득히 스며들던 낡은 교실에
손가락 짚어 가며
친절히 공부 가르쳐 주시던 우리 선생님

그 손등의 푸른 심줄이
아직도 내 마음에 흐르고 있네

나 어느새 선생님 나이의 선생이 되어
아이들을 가르치고 있지만
어느 아이의 마음속에 나의 핏줄을
시냇물처럼 흐르게 할 수 있을지……

생과 사의 놀이터

세상에 생사처럼 진지한 게 없지
생과 함께 세상은 눈을 뜨고
사와 더불어 눈을 감는 것이니

세상에 생사처럼 평등한 게 없지
생은 사에게로, 사는 생에게로
언젠가는 바통을 넘겨줘야 하는 법

세상에 생사처럼 친한 사이도 없지
잠시도 떨어지지 않는 연인들처럼
애초부터 함께였는지 몰라

그러니 인생도 별거겠는가
진지하고, 평등하고, 아주 친근한
그들이 뛰어노는 놀이터인 걸

걱정하지 마, 우리도 그냥
신나게 놀다 가면 돼

주인공

시를 쓰는 건 분명 나이기에
시의 주인공도 당연히
나라고 생각했다
그런데 그게 아니었다

시를 쓰는 건
계절마다 부는 바람이고
한시도 떠나지 않는 그리움이고
얼마 남았는지 알 수 없는
유한한 생애였으니

시의 주인공은 오직
시 속에서만 존재하는 거였다

내 것이 아닌 사랑

너의 사랑은 나의 것이 아니니
나의 사랑조차 나의 것이 아니니
나 이제 너를 떠나보내리

지난여름, 태양을 품었던
그 붉은 꽃잎들아
이미 가을로 떠나 버린 열기들아

너는 애초에 거기 있지 않았고
그리하여 나 또한 아무런 사랑도
이루지 못했다 하리니

이제 나에겐 기억조차 없다네
단지, 머물지 않는 저 바람만이
내 사랑의 흔적일 뿐

인생의 유산

갑자기 무너질 듯한
불안의 아름다움

머지않아 어둠에 잠길
유한의 눈부심

삶이 시간을 만나
한바탕 놀고 간 자리에
행복과 불행이 그려 놓은 건
저 빛나는 허공뿐

시간도 인생도
저무는 법을 알기에
고요를 따라서 걸어가는가

그대는 나의 빛

그날 밤
너는 내 앞에
한 줄기 빛으로 나타났지
하지만 난 어둠이어서
너를 안을 수가 없었네

그렇게 갑자기 나타나
내 삶을 관통해 버린
너는 나의 상처
상처보다도 더 깊은
그리움

이 어둠 모두 부수고
널 안을 수 있을 때까지
너는 새벽별처럼
날 기다려 줄 수 있는지……

나는 왜 자꾸만

너는 떠나고 없는데
나는 왜 자꾸만 궁금해질까
창으로 흘러나온 불빛
그 속에 가득한 너의 숨결이

사랑할 수도 없는데
나는 왜 자꾸만 걱정이 될까
네가 걸었던 하루의 발걸음
그 아래 떨어진 너의 한숨이

사랑해선 안 되는데
나는 왜 자꾸만 그리워질까
목련꽃같이 흰 얼굴
그 속에 드리워진 너의 웃음이

우린 이미 헤어졌는데
나는 왜 자꾸만 눈물이 날까

끝내 닿지 못한 인연
그 속에 갇힌 슬픈 사랑이

속도와 생각

속도에 갇힌 문자들은
그 속도만큼 닳아 가벼워졌으니
사고의 불구일 뿐이로다

깊고 아름다운 세계는 오직
느린 속도 속에만 존재할 수 있는 것

세상의 모든 조급함이여
그 걸음을 멈추고
느린 곳에서 빛나는 지성을 보라

먼 훗날에

저기 저 마당가에 부서지는
햇살이 눈부시다

나 지금은 아프지 않고
슬프지도 두렵지도 않은데
왠지 가슴속에는
텅 빈 고요만이 가득해

너를 앓아 온 질긴 세월이
마음속 고운 모래가 될 때까지
너도 내내 두려워하지 말고
슬퍼하지도 아파하지도 말아라

먼 훗날 이 시간마저
큰 축복이었음을 깨닫게 되는
그런 마음이었으면 해
그런 환한 얼굴이었으면 해

생명의 열쇠

부모를 살해한
저 패륜아는
자신의 고향을 저버렸으니
다시 돌아갈 곳 없겠다

자식을 내다 버린
저 패륜 부모는
부활의 땅을 저버렸으니
다시 태어날 곳 없겠다

우리는 스스로
여기에 오지 않았고
또한 스스로 원하는 곳을
정할 수 없는 법

오직 끊어지지 않은
무형의 탯줄만이

다음 세상의 문을 여는
열쇠이리라

거대한 사랑

나 그대를
만날 수 없었기에
그대는 내 안에서 자꾸만 커져 갔네

무릇 거대한 것들은
내가 가질 수 없었던 것들

그대는 마음속에서
산이 되고, 바다가 되고
드넓은 하늘이 되었으니

놀라워라
곁에 없는 그대가
이 세상 전부가 될 수도 있다니

사람은 살아서 무얼 남기나

사람은 살아서
쓰레기만 만들다 죽는 건지 원
집 안의 쓰레기봉투는
무섭게도 차오르는구나
분리수거장에 나가 보면
저런 게 산더미를 이루고 있다
우리는 도대체 저 많은 쓰레기들을
어떻게 치우며 살아왔는지
또 배수구로 빠져나간 것들은
어디에서 어떻게 처리되고 있는지
생각하다 보면 정말이지
끔찍한 느낌이 든다

위선 뒤에 숨어서

자녀와 TV를 보는 저녁 시간에
그런 낯 뜨거운 장면이 나오다니
애 보기 무지 민망했다며
제발 건전한 프로그램 만들어 달라는
시청자 의견 쇄도하지만

막상 그런 프로그램 만들어 내보내면
시청률이 바닥을 친다고 한다

쓰레기를 마구 버리는 등
추태가 끊이지 않는 관광지에서의
사람들 인터뷰를 보면
하나같이 모범적인 말만 하듯이

우리는 언제부터
튼튼한 갑옷 하나씩을 갖게 된 걸까

이별 앞에서

그대 떠나는 날
온종일 찬비는 내려

차마 바라볼 수 없는
두 눈 속에서
내 마음이 울어라

한 마리 새를 날려 보낸 듯
이토록 허전한 마음아

독한 감기로나
며칠 끙끙 앓고 나서야
끝내 떠나지 못한
너를 알겠네

겨울 속의 봄

아무도 없는 겨울 바다를 거닐다
문득 이런 생각을 했지요

겨울에도 봄이 오고
봄에는 겨울이 올 수 있다는 걸

마음이 슬프면 봄도 겨울이요
마음이 기쁘면 겨울도 봄 아닌가요

지금은 한겨울인데도
이렇게 꽃향기 가득한 것은
그대가 피워 낸 봄꽃들 때문이랍니다

뒷모습에 대하여

뒷모습은 슬프다
이 세상 모든 이들의
뒷모습은 슬프다
석양에 긴 그림자 끌고 가는
노인의 뒷모습은 물론
철없는 초등생 꼬맹이나
햇살 같은 웃음 까르르 쏟아 내는
열다섯 소녀일지라도
뒷모습은 하나같이
슬픈 것이다
하물며 나를 버리고 떠나던
그대의 뒷모습임에랴
차마 돌아보지도 못하고
마음으로만 수백 번을 망설이던
그대의 마지막
그 뒷모습임에랴

마리골드

12월인데
성탄절이 내일모레인데
모두가 스러진 화단에
점점이 피어 있는 마리골드 몇 송이

마치 꿈을 꾸는 듯하여
금빛 꽃잎에서 눈을 뗄 수가 없다

와! 12월인데
서리가 몇 번이나 내리고
며칠 전엔 첫눈까지 내렸는데……

겨울 속에서 빛나는
한 줌의 봄볕이 눈부시다

대학살은 없다

모두가 꿈이겠지, 아니라면
그 누군가 꾸며 낸
허황된 이야기일 뿐이겠지
대학살
인간들이 자행한
그 끔찍한 역사들은

인간이 인간을
그렇게 무수히 죽였다면
그 많은 신들이 보고만 있었을까
그게 만약 사실이라면
인류는 스스로 지옥의 문을 연 거지

근데 그게 거짓이란
아주 확실한 증거가 있어
이 세상엔 바로
네가 살고 있다는 사실이야
그 밖에 뭐가 더 필요해?

행복의 연금술

그대는 모든 걸
행복으로 바꾸는 연금술사
어쩌면 이럴 수가 있죠?
나의 생활이 온통
금빛으로 빛나고 있어요

긴 어둠의 터널 뚫고 나와
눈부신 세상을 만나듯
나 그대로 하여 지난 어둠까지도
진정 사랑하게 되었지만

혹시 이게 꿈은 아닐는지
평생에 단 한 번도
빛나는 걸 가져 본 적 없는 내가
이렇게 환한 세상을
어찌 감당할 수 있을까요

그렇다면 늦기 전에
꽃 한 송이 피워 올려야겠어요
이 기쁨의 눈물 모두 모아
세상에서 가장 빛나는 꽃을,
그대 드릴 내 마음을요

겨울나무

우리 동네 어귀에 있는
작은 오솔길에는
언제나 사계절이 흐르고 있죠

지금은 한겨울
작고 여린 나무들까지
오직 자신만의 추위를 감당하며
눈물도 없이 서 있네요

나의 안쓰러움이
그 나무를 쓰다듬는 순간
내 놀란 귀는 듣고야 말았죠

쿵쾅거리는 심장 박동과
뜨거웠던 지난여름의
그 시원한 매미 울음소리를

어느 귀갓길

슬픔이 자욱한 저녁
중심을 잃어버린 발걸음으로
하염없이 흔들리는
그런 귀갓길이 있다

모든 것들 세포 단위로
곧 허물어질 것만 같은 거리에
욕망을 좇아 몰려다니는
굶주린 영혼들

발자국마다 고여 있는
어둠의 노래들이
황막한 도시 벌판에
추락을 잉태한 꽃을 피운다

마음의 악기

아무리 단단한 나무라도
고목이 된 후에는
가슴 깊은 곳에 하나둘씩
구멍을 갖게 된다

그 캄캄한 어둠에는
세월의 허무도 깃들지만
바람도 없는데 가끔씩 들려오는
음악 소리……

햇빛처럼 찬란한 시간들이
몸속으로 스며들어 와
하나의 악기로 깎일 때까지
우리는 얼마나 많은 바람을
말없이 견뎌야 하는지

나는 아직도

몸 밖을 스쳐 지나는
겨울바람 소리를 듣고 있다

명품에 눈멀다

몸에 명품을 두르면
자신도 명품이 될 거라
철석같이 믿는 사람들이 있다

아직도 모르는가
마음속에서 빛나는 것이라야
진정 명품이 될 수 있음을

그 황홀한 순백은
아무에게나 나타나지 않는
천사의 날개와도 같은 것

그 빛깔 지닌 사람을 찾아
나는 온 도시를 헤매고 다녔다

직시

보고 싶다
단 한 번도
직접 들여다본 적이 없는
나의 눈을,
거울이나 타인의 눈에만 비춰졌던
나의 눈을 보고 싶다

죽음의 순간
내 영혼은 볼 수 있을까
하지만 그건 이미
살아 있는 눈빛이 아닐 것이다

모순의 눈!

그 무엇으로 다시 태어난다 해도
나는 나의 진실을
영원히 알 수 없단 말인가

그게 너였으면

한밤중
전화벨이 울리고
여보세요 두 번을 불러도
대답이 없다

심장이 쿵쾅거리기 시작한다
전화를 끊고 나니
더 크게 쿵쾅쿵쾅 울려 댄다

혹시 너였을까
하지만 너는
내 곁을 떠난 지 오래인데……

그 짧은 침묵이
나의 긴 밤을 깨우겠구나

겨울 사랑

나뭇가지에 앉은 눈꽃이
햇볕과 사랑에 빠진 위험한 순간에
주위는 왜 저리도 환해지는지

눈꽃은 행복에 어쩔 줄 몰라
자신의 온몸 다 녹여서
기쁨의 눈물 지어 보이는데……

한겨울 속에서 피어난
너무나도 뜨거운 사랑이여

햇볕은 눈꽃의 영혼을 이끌고
제 고향으로 돌아가리니
푸른 하늘은 그들의 행복일지라

언젠가 그의 자손들이
지상에 기쁨으로 내릴 때
우리는 영원한 사랑을 믿게 되리라

독서 이야기

탁자 위에 누워
그는 끝없는 침묵이다
끊어진 시간만이
그와 나 사이에 놓여 있다
그의 입을 열게 할 수 있는 건
오직 내 손의 온기뿐
그러면 그는 무궁한 비밀을
내게 핏줄처럼 전해 주리라
그의 이야기는 아주 힘이 세서
차가운 심장 둥둥 울리고
등불처럼 험한 길 비춰 주리라
참을 수 없다, 아니 더 이상
참지 말아야 한다
어서 바삐 그와의 시간을 이어
세상을 건너는 다리를 놓자
바로 지금이다, 지금 바로
그에게 가야 한다

사랑의 숫자

수많은 사랑 속에도
하나의 본질이 있다고 하지만
생각해 보면 사랑은
각자만의 사랑이 진짜 사랑이지

천만 쌍의 사랑은 이천만 개
이천만 쌍의 사랑은 사천만 개

사랑은 모두 얼굴이 달라서
하나뿐인 나의 사랑도
끝내 너와 만날 수 없었던 것

그럼에도 모든 사랑은
하나만을 꿈꾸지, 그 하나 때문에
사랑은 아름다운 거고
영원히 눈멀 수가 있는 거지
그래야만 사랑인 거지

가시나무

저 가시나무가
온몸에 가시를 갖기까지는
얼마나 많은 고통들이
그를 괴롭혔을까
마지막 힘을 모으고 모아
그는 분노의 가시를 피워 냈겠지
슬픔들을 쏟아 냈겠지

하지만 저 나무가
스스로 상처를 거둬들이고
새들을 맞이하기까지는
또 얼마의 세월이 필요할는지……
그걸 생각하다 보면
가시가 마음을 찌르는 듯
한없이 아파 온다

다시 너를 기다리며

우리의 시간은
여기서 멈추었지만
난 다시 너를 기다릴 거야
아무 데도 가지 않고
이 한자리를 지키고 있을 거야
그래야만 우리 사랑이
끝이 아니라고 말할 수 있기에

하지만 넌 끝내 돌아올 수 없겠지
그리하여 내 기다림도
박제된 꿈으로만 남겠지
다만, 남겨진 추억만이 온 우주를 떠돌며
내 사랑의 증거가 되리니
다시는 만날 수 없음으로 하여
우리는 영원해지는 것

사랑하는 나의 그대여
부디 안녕히……

나무의 체온

나무에게도
체온이 있다는 사실을 아는지

눈 내린 산기슭
나무들 밑동마다에
동그랗게 눈 녹은 자국이 있다

추위를 밀어내는
저 그리움들이 모여
봄이 되면 푸른 멍 같은
이파리를 피워 내는구나

아침마다 숲을 감싸던
그 시린 안개들도
나무의 입김이었다는 걸
비로소 알겠네

세상에서 가장 아름다운 두드림

김동훈 **소설가 · 가톨릭관동대 겸임교수**

시는 '말'의 힘, 그중에서 우리 눈을 가리고 있는 꺼풀을 벗겨 내는 힘을 여지없이 우리에게 보여 준다. (…중략…) 시인의 말은 우리의 마음과 눈이 늘 아무렇지 않게 봐 왔던 것을 처음 보거나 처음 감동하도록 느끼게 해주는 각도와 속도를 보여 준다. 이것이 다름 아닌 인간에게 허용된 유일한 창조다. 하나의 상투어를 제대로 된 위치에 두고 살펴보아라. 그것을 세탁해 보아라. 닦아 보아라. 빛나게 해 보아라. 말이 처음에 갖고 있었던 젊음, 그때 그대로의 싱싱함과 용솟음침으로 사람의 마음을 울릴 수 있도록. 그리하면 여러분은 시인의 일을 한 것이 된다.

　　－장 콕토, 『장 콕토의 다시 떠난 80일간의 세계일주』 중에서

프랑스의 시인 장 콕토는 시의 힘과 시인의 역할을 이렇게 쉬운 말로, 이토록 명확하게 전해 준다.

모든 말에는 힘이 있다. 그러나 우리가 사용하는 말에는 늘 손때가 묻는다. 그 손때를 깨끗하게 씻어 내지 않으면 말은 힘을 잃는다. 힘만 잃는 것이 아니다. 멋도 잃고 맛도 잃는다. 말에 달라붙는 손때는 다름 아닌 속물적 가치관, 세속에 찌든 무감각쯤이 될 것이다. 그리하여 시인들은 우리가 무심하게 보아 왔던 사물들에게서도, 무덤덤하게 대했던 일상사에서도 반짝반짝 광채가 나는 의미들을 전해 준다. 말이 처음에 갖고 있었던 싱싱함을 되찾을 수 있는 순전한 시인들만 가능한 일이다.

최종석 시인이 전해 주는 의미의 광채는 현란하지 않다. 그렇게 낯설지도 않다. 우리가 이전에 경험하지 못했던 새로운 무엇인가를 보여 주지 않는다. 늘 보아 왔던 10원짜리 동전이지만, 녹을 제거하고 손때를 닦아 낸 반짝이는 동전 같은 시를 슬쩍 내민다. 친숙해서 편하고 짧아서 경쾌하게 읽힌다.

소소한 일상에서 의미 붙들기

최종석 시인은 시집 『미루나무의 노래』와 『그 겨울의 수목원』을 통해 이미 말갛게 정제된 시들을 선보인 바 있다. 그의 시는 쉽게 읽힌다. 손때와 녹을 제거한 까닭이다. 지나친 수사나 시적 기교 또한 자칫 또 다른 손때가 된다는 사실을 알고 스스로 경계한 탓이다. 그러면서 누구나 겪는 일상의 소소한 것들에서 의미를 포착한다.

먹기 편하게 나오는
초벌구이 삼겹살집
우연히 엿보게 된 주방에는
초벌구이로 힘든 직원 있더라

아침마다 따뜻한
밥과 국을 앞에 놓고도
나보다 먼저 잠에서 깨어난
누군가의 수고를 몰랐던 것처럼

음식이란 결코
입으로만 먹는 게 아님을
그렇게 많은 음식을 남기면서도
여태 모르고 살았구나
ㅡ「마음으로 먹는 밥」 전문

시인은 '밥'에 눌어붙은 손때, 즉 우리의 무감각을 그렇게 닦아 낸다. 즉물적이고 속물적인 사고에는 타성이 이끼처럼 달라붙는다. 밥만 그런 것일까. 배설물을 보면서도 마찬가지 이치로 무감각한 일상을 되돌아볼 수 있을 것이다. 화장실에서 큰일을 보고서 변기의 손잡이를 누른 후, 그 오물이 어떤 과정을 거쳐 누구의 수고로 말미암아 정화되는지 생각해 본 적이 있는가. 그런 생각을 해 본 사람에게 일상의 소소함이 감사함으로 가슴을 덥히지 않겠는가.

시인의 이런 맑은 눈에 포착된 의미들이 이 시집 곳곳에 담겨 있다. "아름답게 보이는 것만이 / 아름답다고 믿었고 / 추하게 보이는 것들은 모두 / 추할 뿐이라고 생각했다 // (…중략…) // 그러나 인생에 대입하면 / 많은 것들이 오답이 된다는 걸 / 오랜 후에야 알게 되었다"(「역설의 공식」)라든가, 나무에게도 체온이 있다는 것을 발견하고서 "눈 내린 산기슭 / 나무들 밑동마다에 / 동그랗게 눈 녹은 자국이 있다 // 추위를 밀어내는 / 저 그리움들이 모여 / 봄이 되면 푸른 멍 같은 / 이파리를 피워 내는구나"(「나무의 체온」)라는 절창을 뽑아낼 수 있는 까닭 역시 시인의 맑은 눈 덕택일 것이다. 봄을 맞은 나무에 돋는 연록의 잎사귀를 '푸른 멍'으로 읽어 낸 시인의 눈이 멋스럽고 또한 푸근하다. '예쁜 나뭇잎'이란 단어에 묻은 타성의 손때를 지우면 곧 '푸른 멍'이 된다는 깨달음을 준다. 이는 독자에게 시를 읽는 즐거움 이상

을 선사한다. 타자의 고통을 공감하고 현상 이면의 의미를 짚어
내는 시인의 따스한 마음이 전해진다. 나무에게서 발견한 체온
은 곧 시인의 체온이며 사랑일 터이다.

시간의 풍화 작용에 맞서기

인간은 늘 새로움과 산뜻함을 갈망한다. 그러면서도 친숙했
던 것들과의 이별을 두려워하는 모순에 갇힌다. 존재하는 것들
은 끊임없이 소멸해 간다. 한순간 불타오르던 열정과 고통조차
도 시간의 풍화작용으로 허공에 흩어진다. 시인이 시 쓰기의 고
통을 기꺼이 감수하는 이유 중 하나는 이런 풍화작용에 맞서고
싶은 마음 때문일 것이다. 생기를 잃고 추레해지는 일상의 기억
들, 그것들에 엉켜 붙은 먼지를 털어내 "그때 그대로의 싱싱함
과 용솟음침으로 사람의 마음을 울릴 수 있도록" 부식되는 시간
에 맞서는 것이다.

언제부터인가
선명해지기 시작했네

사라지는 것들이 그려 내는

노을 같은 아름다움
이미 떠난 것들이 새겨 놓은
판화 같은 추억들이

그래, 나 또한
어느 사라진 생명이 남긴
숨결인지도 모르지

그렇게 우린 죽음을 낳고
죽음은 또 우리를 낳으리니

유한이 무한을 향해 부르는
저 신비한 노래를 들어라
―「신비한 노래」전문

사라지는 것들은 아름답다. 추억들을 판화처럼 남기기 때문
이다. 시적 화자는 자신 또한 사라질 것임을 안다. 그러나 죽음
과 사라짐은 동의어가 아니다. 죽음조차도 잉태의 능력이 있기
때문이다. 즉, "죽음은 또 우리를 낳으리니"란 역설로 소멸의 허
무에 직면한다.

요 며칠 새
몇몇의 지인들이
이 세상에서 지워졌다

나는 내 것이 아닌 죽음의
충실한 방관자로 남았지만
가늠할 수 없는 깊이의
그 어두운 바닥으로
언젠가 모두 가라앉아야 한다는 것

욕조의 물이
소용돌이에 휘말리듯
더 이상 외면할 수 없는
각자의 끝을 향해
소실되어야 한다는 것

우리의 삶은 모두
그 순간을 향해 모여 있다
    —「소실점」 전문

우주의 엔트로피는 시간이 흐를수록 증가한다. 시간의 화살은 모든 생명체의 심장을 공격한다. 그러나 먹고사는 일에 함몰된 우리는 "죽음의 / 충실한 방관자로" 살아간다. "언젠가 모두 가라앉아야 한다는 것"은 진리지만 "더 이상 외면할 수 없는" 지경에 이르기 전까지는 애써 고개를 돌린다. 그것이 보통 우리들이 살아가는 모습이다.

"그러나 곧 모두를 허물어 / 죽음을 짓고, 또 그 죽음 허물어 / 생명을 지으리니 // 시간은 만물의 운명을 싣고 / 저 영원을 향해 / 신의 수레바퀴를 굴리고 있"(「시간의 노래」)지 않은가.

창고 안, 웬 부대 하나가
잔뜩 부풀어 나 있다
가만히 들여다보니
연둣빛 무순이 가득 자라난 것

어둠에 짓눌려도
기어이 피어나고 만 저 그리움

너를 잃은 내 마음도
오랜 세월 지하에 갇혔으나
봄비 오는 소리에 자꾸만 부풀어 나
결국 마법처럼 부활하리라

－「사랑의 부활」 부분

어둠에 눌려 소멸의 시간을 견딘 무에서 무순이 가득 자라난 것을 목격하는 일은 경이롭다. 그 생명의 무순도 결국은 뿌리 뽑힌 무에서 태어난 숙명에서 벗어날 수는 없다. 그런 면에서 "어둠에 짓눌려도 / 기어이 피어나고 만 저 그리움"처럼 시적 화자의 그리움도 부활하리란 소망은 애처롭다.

죽음과 소멸을 넘어 영원을 붙잡고 싶어 하는 마음은 이 시집 여러 곳에서 발견된다. 시 「환생」에서는 "환생이란 이름의 / 환한 웃음꽃 터트렸구나"라고 적었다. 한편 죽음조차도 친구처럼 사귀고 싶은 넉넉한 수용도 발견된다. 순리를 거스르지 않는 마음속에만 여유로움과 관조가 내려앉기 때문일 것이다. 시 「죽음이 서성거릴 때」에서는 "바람 부는 거리를 지나 / 낙엽 수북이 내린 숲으로 들어가면 / 그가 먼저 와 웃고 있을 것이다"라고 읊었고, 「죽음과 동거하다」에서는 창문 너머 새로 생겨난 무덤을 보면서 "내 삶은 얼마나 더 / 겸손하고 풍요로워질 것인가"라며 죽음의 효용을 그윽이 바라보았다.

그럼에도 어쩔 수 없는 그리움

죽음에서 발견해 낸 잉태의 능력, 소멸하는 것에서 읽어 낸 영원성 등은 시인의 의지와 세계 인식에 기초한다. 그럼에도 연시戀詩의 형태를 빌린 시편에서는 절절한 그리움과 속앓이를 숨기지 않는다. 사랑의 상실감과 그리움이 너무 깊고 커서, 그것들이 오히려 인간 의지를 노래한 시들에게 자궁을 빌려주었을 것이란 생각도 하게 된다.

시 「사랑이 오면」 「첫 만남, 그 영원한」 「우리가 그 별에 살았을 때」 「너는 나의 가장 아름다운 시」 「활화산처럼」 「미지의 여인」 「내 안의 너」 등은 그 제목만으로도 사랑의 설렘이 그득하게 전해진다.

하지만 사랑은 스스로 그 한계를 안다. 사랑에 빠진 사람은 어디까지가 사랑이고 어디까지가 욕망인가를 잘 알지 못한다. 인간의 사랑이 변색되고 쉬 식어 버리는 이유일 것이다. 「엇갈린 사랑」 「미움보다 더 깊은」 「한여름의 꿈」 「꿈속의 꿈」 「나는 왜 자꾸만」 등의 시에서는 잃어버린 사랑이 애절한 목소리로 가라앉아 있다.

누군가는 슬픔도 힘이 된다고 했다. 그러기 위해서는 "수억 년 닳은 살들이 / 영원을 향해 누운 해변에 / (…중략…) // 안으로, 안으로만 구르며 / 파도에 맡긴 나의 하루가 / 이렇게 저물어

가는데"(「조약돌처럼」) 정도의 내적 숙성과 치유가 선행되어야
할 것이다. 하지만 이 시집에 가득 들어찬 슬픔은 날것으로 그저
절절하기만 하다.

너의 사랑은 나의 것이 아니니
나의 사랑조차 나의 것이 아니니
나 이제 너를 떠나보내리

지난여름, 태양을 품었던
그 붉은 꽃잎들아
이미 가을로 떠나 버린 열기들아
－「내 것이 아닌 사랑」 부분

한때는 내 살처럼 여겨졌던 사랑이, 금세 나의 것이 아니라는
느낌으로 달려들어 가슴을 베어 버린다. 붉은 꽃잎 같았던 정염
은 곧잘 가을처럼 냉랭해지고 만다.

사랑해선 안 되는데
나는 왜 자꾸만 그리워질까
목련꽃같이 흰 얼굴
그 속에 드리워진 너의 웃음이

우린 이미 헤어졌는데
나는 왜 자꾸만 눈물이 날까
끝내 닿지 못한 인연
그 속에 갇힌 슬픈 사랑이
—「나는 왜 자꾸만」 부분

그래서 "나 지금은 아프지 않고 / 슬프지도 두렵지도 않은데 / 왠지 가슴속에는 / 텅 빈 고요만이 가득해"(「먼 훗날에」)라는 시구에서는 신음 속에서 양가감정이 읽힌다. 떠나는 그대를 "차마 바라볼 수 없는 / 두 눈 속에서 / 내 마음이 울어라 // 한 마리 새를 날려 보낸 듯 / 이토록 허전한 마음아 // 독한 감기로나 / 며칠 끙끙 앓고 나서야 / 끝내 떠나지 못한 / 너를 알겠네"(「이별 앞에서」)에서 오히려 시적 화자의 진정한 마음이 드러난다. 그것은 흉터가 옹이로 변하여 슬픔조차도 힘이 되는 지경에는 이르지 못했다 하더라도, 이별의 슬픔에 빠져 본 독자에게는 적잖은 위로가 될 것이다.

무성한 숲 속인데도
난 한눈에 알아보았지
꽃나무로 환생한 너를!

너무나도 환한 그늘 아래서
나 이렇게 하염없어라

차안과 피안의 문틈에서
아픈 운명에 흐느껴 울다가
환생이란 이름의
환한 웃음꽃 터트렸구나

또다시 어둠 내리고
찬 바람 불어닥친다 해도
우리 이 뜨거운 숨결은
운명을 녹이리라
빛나는 영원을 지으리라
―「환생」 전문

극복되지 못한 이별의 슬픔은 결국 '환생'의 과정을 거친다. 그 환생이 환시幻視로 읽히는 까닭은 무엇일까.

시를 두드리는 소리, 자신을 두드리는 소리

"우리는 언제나 두드리고 싶은 것이 있다 / 그것이 창이든, 어둠이든 / 또는 별이든". 강은교는 그의 시 「빗방울 하나가」에서 그렇게 노래했다. 그렇다. 창을 두드려 낯선 세계에 눈길을 주든지, 어둠을 두드려 시대의 부조리와 맞서든지, 별을 두드리며 천상의 세계를 꿈꾸든지 우리는 누구나 무엇인가를 두드리며 살아간다. 최종석 시인이 두드리는 것 중 하나는 다름 아닌 시다.

> 시를 쓴다는 건
> 높이 올라가는 게 아니야
> 더 멀리 나가는 것도 아니지
> 그건 더 깊이 들어가는 일이야
> 내면의 숲으로 깊숙이 들어가
> 아무도 없는 두려움으로
> 나를 만나는 거야
> 그러면 그곳으로부터
> 나는 또다시 시작되는 거지
> 그래, 나의 시작은
> 스스로 깊어지는 여행이야
> 그리고 그 깊이만큼

너를 사랑하는 일이고

더 아름답게 지켜 주는 일이야

　－「나의 시작은」 전문

　시인은 시를 두드려 내면의 숲으로 깊숙이 들어가기를 소망
한다. 그리하여 깊이 침잠함으로써 오히려 낯선 창과 시대의 어
둠과 천상의 별에 닿기를 희구한다. 스스로 옹골차진 후에야 외
계에 말을 걸고 팔을 뻗는 것이 그에게는 편해 보인다. 그런데
시인이 시를 두드리는 소리는 다름 아닌 자신을 두드리는 소리
로 들린다. 시에 대한 다짐은 곧 자신에게 거는 주문이나 맹세일
것이다.

시인은 시를 먹고 산다

그러므로 시가 없으면 시인도

굶어 죽는 법, 그런데

진짜 굶어 죽은 시인은

아무도 없고, 모두가 자살뿐이다

왜냐면 시인들은 가슴속에

시를 양심처럼 품고 사는데

어떤 시인은 이것을 팔아

욕망을 사들이기도 한다

이게 바로 시인의 자살이다
자살한 시인들은 점차
눈빛이 탁해지는데, 이는
시혼이 더럽혀졌기 때문이다
－「시인의 죽음」 전문

시인은 죽지 않고 살기를 소망한다. 가슴속에 양심이 있음에
도 욕망을 위해 그것을 팔아 버리고 죽는, 자살은 하지 않겠노라
다짐한다. 시인의 소명, 시에 대한 예의로 그렇게는 살지 않겠노
라는 맹세를 기둥처럼 단단히 마음속에 세운다. 그래서 그의 시
는 향기롭고도 아름답게 우리의 마음을 두드리며 다가온다.

봄 햇살 같다고 썼다가 지운다
목련꽃 같다고 썼다가 지운다
이슬비 같다고, 라일락 향기 같다고 썼다가
모두 지운다

뭐라고 써야 할까

내 안의 어둠 한 번에 쫓아내 버린
나를 자꾸만 착해지게 만드는

내 메마른 영혼을 적셔 주고
나를 끊임없이 미소 짓게 하는 너를

한 번도 본 적 없는 천사라고 쓸까
끝까지 지켜 주고 싶은 순수라고 쓸까
처음으로 갖게 된 종교?
아니면 그토록 찾아 헤매던 나의 행복?

썼다가 지우고, 지웠다가 다시 쓰고
그렇게 며칠 밤을 꼬박 새우다가
번개처럼 번쩍, 천둥처럼 우르르 쾅쾅
순식간에 떠오른 생각

나는 마침내 힘주어 이렇게 쓴다
너는 신들이 모여서 지어 낸
이 세상에서 가장 아름다운 시詩
라고!
            ―「너는 나의 가장 아름다운 시」 전문

봄 햇살을 받으며 목련꽃 아래를 거니는 시인의 얼굴이 떠오
른다. 은은한 라일락 향기까지 잔잔하다. 행복한 모습이다. 더구
나 봄 햇살이, 목련꽃이, 라일락 향기가 곧 시임에랴. 시는 시인

을 착해지게 만들고, 결국은 천사가 되어 찾아오기도 하며 종교가 되기도 한다. "이 세상에서 가장 아름다운 시"를 잉태한 시인은 행복할 수밖에 없다. 그래서 시인은 "바라건대 나의 최후는 / 끝까지 따라온 나의 시들과 함께 저무는 / 그런 황홀한 순간이면 좋겠다"(「시의 속도, 삶의 속도」)라는 황홀한 고백을 하기에 이른다.

시집 『너는 나의 가장 아름다운 시』에 실린 시들은 낯설지 않아 친숙하다. 풋내 나는 관념이 발효되고, 언어에 묻은 일상의 타성이 잘 닦인 까닭이다. 수사 역시 지나치지도 않고 부족하지도 않아 절제와 균형이 안정감으로 다가온다. 장 콕토의 말처럼, "말이 처음에 갖고 있었던 젊음, 그때 그대로의 싱싱함과 용솟음침으로 사람의 마음을 울릴 수 있도록" 고민했기 때문이다.

우리가 철재와 콘크리트에 살을 맞대고 살다가, 또는 휘황한 밤거리를 걷다가 "번개처럼 번쩍, 천둥처럼 우르르 쾅쾅" 하는 내면의 소리를 듣게 될 때, 그럴 때 이 시집을 펼친다면 적잖은 위로를 만날 수 있을 것이다.

너는 나의 가장 아름다운 시

—

초판 1쇄 2017년 6월 5일
지은이 최종석
펴낸이 김영재
펴낸곳 책만드는집

—

주소 서울 마포구 양화로3길 99 4층 (04022)
전화 3142-1585·6
팩스 336-8908
전자우편 chaekjip@naver.com
출판등록 1994년 1월 13일 제10-927호
ⓒ 최종석, 2017

—

ISBN 978-89-7944-617-3 (04810)
ISBN 978-89-7944-354-7 (세트)